Laubenpieper

*Gedichte für Kinder
und Jugendliche*

2022

Harald Birgfeld

"Es lohnt sich, einmal einen heutigen Dichter kennen zu lernen, der mit der deutschen Sprache einen faszinierend fremden Weg betritt und trotzdem dem Leser Freiraum lässt für eigene Gedankengänge, ohne dass die Probleme in erhobener Zeigefingermanier zu zeitkritischen Trampelpfaden werden." (1986: Gutachten von der an der Universität Freiburg tätigen Germanistin Gabriele Blod).

Herausgeber, Autor, Redakteur: Harald Birgfeld.
e-mail: Harald.Birgfeld@t-online.de
Im Internet unter: www.Harald-Birgfeld.de

Buchumschlag: Harald Birgfeld
Illustration der Seiten 10 und 11 mit Genehmigung der Eltern.

© 2022 Birgfeld, Harald
Herstellung und Verlag: BoD – Books on Demand, Norderstedt
ISBN 9783754383926

4

Inhaltsverzeichnis Seite

Das Dinomädchen

Das Dinomädchen war noch klein,
es wollt zu gern erwachsen sein.
Da nahm es Schere und Papier
und schnitt ein riesen Dinotier.
Das war nun aber viel zu groß,
und passte nicht auf seinen Schoß.

Es war zwar süß, doch auch ganz frech
und lief am nächsten Tag gleich weg.

Striche auf dem Tisch

In meinem Zimmer,
auf dem Schreibtisch,
liegt ein schnurgerader Strich.
Der sagt:
es wird noch schlimmer,
ich bin nicht allein.

Wir sind zwar klein,
doch legen wir uns aneinander,
wird aus uns ein kleines Wunder.

Wir sind leider dünne Wesen,
mit uns aber kannst du schreiben
und uns lesen,
so als wäre nichts gewesen.

Wenn wir uns verbiegen
und nicht aufeinander liegen
aber eng zusammenrücken,
uns vielleicht ein wenig bücken,
können wir im Nu
zu Namen werden,
heißen plötzlich so wie du.

Wir können auch zu Zahlen werden.
Damit kann man Rechnen lernen.

Ja, juchhu!

Liebes Kind

Wir schicken dir, du liebes Kind,
den Luftkuss für dein Näschen,
und noch andere für deine Ohren,
denn du bist vor einem Jahr geboren.

Wir sind zwar weit fort,
doch nah, ganz nah bei dir
am Ort.

Das Glück im Meer

Als wenn das gar nichts wär,
das Glück im Meer.

Hör zu und hab ein wenig Mut im Schlafen:
denn im Traum musst du nur den Delfin gut fassen
und dich von ihm tragen lassen.

Er ist süß und schwimmt geschwind.
Und schaut ins Herz von jedem Kind!
Da wohnen große Wünsche und die kleinen,
die lässt er sofort erscheinen
und wirft Goldstaub in dein Haar,
und wenn du aufwachst, sind sie wahr.

Eine Acht

Ach,
was hab ich nur gemacht.
Da stand doch eben eine Acht,
die liegt nun auf dem Bauch.

Ein kleiner Vogel hat sie aber angepickt
und mit dem Kopf genickt.
Nun ist sie wieder
richtig aufgetaucht.

Irren und verwirren I

Ich hab mir etwas ausgedacht,
und es gleich zu Papier gebracht
Es ist sehr lustig und kann dich verwirren,
denn du kannst dich ganz schön irren.

Sind es vier die auf den Stühlen sitzen
oder doch nur zwei?
Das ist doch zweierlei.

Ich komm ganz schön ins Schwitzen.
Oder ist das alles freche Spiegelei?

Irren und verwirren II

Ich habe viel dabei gelacht
und nachgedacht.
Ist etwas nur vertauscht?
Wer ist auf wessen Platz genau?

Wurd ein Gesicht geklont
und dann verschoben oder zwei?
Erst sitzt das eine Mädchen vorn
dann wieder nicht, das ist mir doch nicht einerlei.
Wer sitzt nun richtig, das ist wichtig,
oder ist, ich weiß nicht was,
das alles nur ein kecker Mädchenspaß
und Spielerei?

Kleine Punkerin sucht Seemann Tim

Ich heiße Tanja.
Ich bin 14 Jahre alt, sechs Monate
und dreiundzwanzig Tage.
Jahr für Jahr sind meine Eltern
an der Ostseeküste, hier in Damp, mit mir im Urlaub.
Eigentlich bin ich zu alt dafür.

Ich bin schon fast erwachsen,
und beim ersten Mal war ich gerade zwölf.
Ich dachte damals viel darüber nach, doch dies
ist anders, denn ich lernte einen lieben, süßen
Jungen kennen.
Er heißt Tim, ist 17 Jahre alt und
Seemann auf dem Kutter seines Vaters.
Ich war nie so glücklich.
Jeder Tag war eine Ewigkeit
und dauerte trotzdem nur wenige Sekunden.
Dann, an einem Abend, hatte ich es eilig,
sagte nur kurz „Tschüss" zu ihm.
Von da an war er fort.
Ich hoffte jeden Tag, dass er noch einmal kommen
        würde.
Doch er kam nicht mehr zurück.
Ich bitte Sie sehr herzlich, liebe Redaktion,
um Hilfe, um Veröffentlichung
meiner Suchanzeige:
„Tim, ich suche dich!
Erinnerst du dich an die „kleine Punkerin"?
Ja, ich vermisse dich so sehr,
und bitte melde dich bei mir.
Die Redaktion, *„Von Mensch zu Mensch"*,
hat meine Anschrift".

Mauerblümchen

Hinten, weit in meinem Garten,
kündigt sich der Frühling an
und lässt auf einem Mauervorsprung
eine Veilchenblüte wachsen,
die entdecke ich an ihrem Duft
von Sinnlichkeit und Liebelei
zuerst.

Ich zögere, sie mir zu pflücken,
weil sie ganz allein dort steht,
und ich den violetten Hauch im ersten
Sonnenlicht des nahen Frühlingstages
lassen und noch weiter
lieben möchte.

Mein schönstes Delfingedicht

„Ich bin Delfin
und schwimm im Meer
dahin."

Das ist ein Kinderreim, den hat sich
Mama für mich ausgedacht,
sie hat mir auch noch beigebracht,
dass ich ein wenig anders bin als andere.

Ich habe eine Nylonschnur um meinen
Hals, die hatten wir zu Anfang nicht beachtet,
doch sie wird mich langsam würgen,
und sie hindert mich schon jetzt
zu schwimmen und zu springen
wie die anderen, und ganz zuletzt
werd ich, obwohl ich doch
ein Kind des Wassers bin,
an ihr in meinem Meer,
ertrinken.

Glück

Du wirst noch lernen zu
fliegen,
Ja, wirklich!
Du wirst dabei auf dem
Rücken liegen,
und deine Angst von
gestern ist vorbei.

Eine große, braune Fliege

Eigentlich
mag ich Fliegen nicht.
Sie fliegen überall herum und in die Haare
und mir ins Gesicht.
Das mag ich nicht,
das find ich dumm und schade.

Eine große, braune Fliege aber
und die kleine, blaue hatten Streit.
Sie zankten sich um meine
fingernagelgroßen Emojis,
die sich nicht bewegen,
sondern die nur kleben.

Da hab ich ganz laut gehustet
und die Fliegen weggepustet,
denn die Dinger,
jeder Emoji, sind gedacht
für Kinderfinger,
nicht für Fliegenbeine.

Joi, joi, joi!
Das wäre doch gelacht.

Klitzekleine Kunststoffbären

Was haben meine beiden,
klitzekleinen
Kunststoffbären nur im Sinn?
Wo wollen die bloß hin?

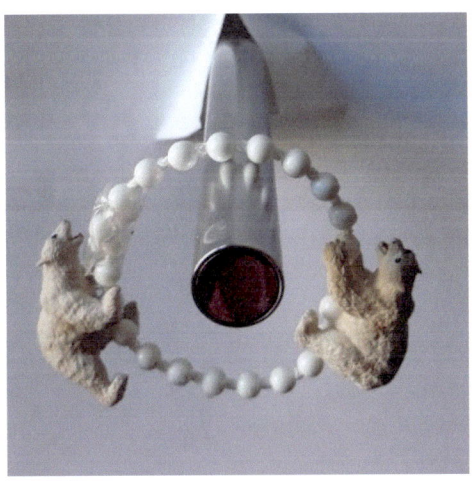

Kannst du das glauben, es verstehen?
Beide hängen wie in einem Zirkus
an dem Spielzeugring
aus weißen Perlen, so ein Ding.
Die Schnur wird doch nicht reißen?
Kommen sie vielleicht aus dunklen Rohren?
Nein, sie hätten dann wohl Schmutz an ihren Ohren.
Nun, sie fallen hoffentlich nicht runter,
denn dann würd ich richtig munter,
weil dort gleich mein Schreibtisch steht.

Die werden bitteschön nicht in die Perlen beißen,
und die Schnur wird doch noch reißen.
Kann das alles gut ausgehen?

Flora

Es ist still und ruhig in der Nacht im Garten.
Flora, heißt die Blumenfreundin, die hier wacht
mit ihren Harken.

Flora geht ganz vorsichtig von
Baum zu Baum.
Es ist so dunkel, und man sieht
sie kaum,
Doch sie hört leise über sich
zwei Vögel, die sich unterhalten:
„Das war so nicht ausgemacht",
Die Antwort:
„Ja, wir müssen das
Versprechen halten".
Sie hört unten jedes Wort.
Weit über ihnen steht der Mond
allein dort oben.

Flora möchte wissen,
was sich Vögel so versprechen
müssen,
und worüber sie noch tuscheln,
sich nicht in die Kissen kuscheln.
Aber sie kann nichts verstehen.
Sicher sollten die beim Schlafengehen
nicht mehr reden, nicht mehr stören.
Schade, denkt sie,
denn ich würde sie zu gerne weiter hören.
Doch vielleicht kannst du ja etwas
zwischen leisem Blätterrauschen
lauschen!

Unser Garten

Unser Garten ist sehr klein,
doch Vögel, die hier leben,
sind im Garten nicht allein.

Es gibt noch Igel unter Spinnenweben,
einen Bruder und ein Schwesterlein.

Im Traum

Ich bin im Traum auf unsrem Mond gewesen.
Nein, dort gibt es keine Lebewesen,
nur viel Staub.

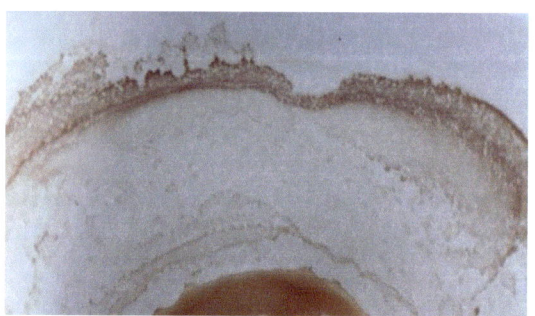

Ob du es glaubst, vielleicht auch nicht,
gibt's eine Gegend dort, ganz ohne Licht.
Die nennt man einfach „Seite mit dem Schatten",
weil Gebirge, die es gibt, nur Schatten hatten.
Sonne scheint dort niemals hin
das wäre schlimm,
denn ohne Sonne bleibt es kalt,
und Kälte braucht man für den Aufenthalt.
Man weiß,
es wird sonst viel zu heiß.

Im Traum hab ich so manches aufgenommen,
mit dem Handy, das sind klare Bilder
die sind nicht verschwommen,
und die hab ich mitgenommen.

Was man sieht, ist nicht sehr nah.
Vielleich auch doch? Ist alles wahr?
War alles nur der Rand in einer Kaffeetasse,
weil ich Kaffeerand in einer Tasse hasse?

Mein kleiner Garten

Mein kleiner Garten liegt wie heil
als hin gewehte Feder oder Teil
aus einer Landschaft voller Leben,
alles Tiere, die zur Sonne streben.

Darin finde ich ein Nest
in einen Busch versteckt und fest,
mit fingernagelgroßen Eiern.
Ach, man sieht sie kaum,
und sie sind unterm Federflaum
der Mutter gut versteckt.

Ich werde dies Geheimnis hüten
denn die Vogelmama soll in Ruhe brüten.

Da hat ein Hahn gekräht

Verflixt und zugenäht,
denk ich, da hat ein Hahn gekräht.

Ach, nein, man ahnt es kaum,
ein Wichtel hängt ganz dicht
im Baum und jammert
fürchterlich:
„Ihr guten Menschen rettet mich.
Wir spielten nur Verstecken und
Verkleiden.

Da hat mein
Bruder oder
ist es doch
mein

Schwesterlein,
ich weiß es nicht,
mit langem Stock
und dicker Knolle im Gesicht,
mir wehgetan.

Wir Wichtel sind so neugierig,

dass wir uns gern verstecken, unsre
Nasen
aber tief in fremde Sachen stecken.
Dabei stößt man sich ganz oft
den Kopf.
Das ist zu dumm.

Warum, warum, warum"?

Ich hatte einen guten Traum

Ich hatte einen guten Traum
und einen schlechten.
Ja, den Schlechten habe ich vergessen,
denn das Einhorn hat ihn aufgegessen.

Nur im guten Traum,
dem Rechten,
durft ich ohne Sorgen
bis zum frühen Morgen
auf dem Einhorn sitzen.

Dann verschwand es unter einem Baum,
und ich lag auf den Kissen.

Sonnenschein

Wir wissen, dass du gerne singst
und tanzt,
dass du dir Noten merken kannst
und auch noch andre gute Noten
mit nach Hause bringst.
Das liegt nicht nur am vielen Lesen.
Nein, denn Neugier ist dabei gewesen,
die liest immer mit.

Wir freuen uns zu sehen,
wie du in Bescheidenheit
dir immer selbst zu helfen weißt,
und andre Kinder mögen deinen Sonnenschein,
sie wollen deine Freunde sein.

Der silberne Mond

Der silberne Mond,….
…und Wölfe oben auf dem Hügel
heulen im Chor.

So eine gruselige Nacht.

Ich denke da an Drakula
und an sein Schloss auf hohem Berg
im fernen Transsylvania!

Er war ein Graf und war kein Zwerg
er war der größte Bösewicht,
nein, einen schlimmren gab es nicht.

Spiegel

Hast du dich schon mal gefragt,
wenn du in einen Spiegel schaust,
was links ist und was rechst?
Man sagt:
du siehst dich dann, wie es die andren tun.

Dein ausgestreckter rechter Arm zeigt
aber auf den linken und der
linke auf den rechten.
Das ist doch fatal,
vielleicht auch ganz normal,
und ist dir das egal?

Und ist das alles wahr?

Insekten

Wenn wir im kleinen Garten sitzen,
sehe ich Insekten schnell vorüberflitzen.
Wie die mich wohl sehen, denke ich.

Die Biene sieht mich sicherlich
ganz anders als die Fliege
und es wäre eine Lüge,
wüsste ich, wie mich erst die Libellen sehen.
Die sind flatterhaft und haben keine Zeit,
sich nach mir umzudrehen.
Stets sind sie in Eile,
haben niemals Langeweile.

Alle fliegen sie an mir vorbei
als wäre ich ein Allerlei.
Sie achten nur auf Blüten und auf
Blumen
oder kleine Krumen.

Schnauf! Wie schade.

Schneeweiß

Das Kätzchen heißt „Schneeweiß"
wie jeder weiß.
Doch weißt du auch warum?

Es wohnt in einem weißen Hut als Turm.

Das Kätzchen ist gekommen,
weil es meint, es wär ein Geist,
ein guter Geist in einem Hemd,
und das ist weiß.

Von Mama hat es diesen Hut bekommen,
der ist ihm nicht fremd.

Doch will es heut,
weil es sich freut
und daher laut miaut
mit allen Vieren
mit dir spielen,
und sein Stummelschwänzchen
macht dazu ein krummes Tänzchen.

Haselmaus

In unsrem Garten in der Mauer,
und nicht obendrauf,
wohnt eine braune Haselmaus,
und die heißt Nikolaus.

Sie lebt mit ihren Kleinen
zwischen kalten Steinen,
denn im Garten ist es viel zu heiß,
wie jedes Mäuschen weiß.

In dieser Nacht jedoch, hab ich gehört,
kam ein Gespenst mit großen, gelben, nassen
Glubschi-Augen.
Das war unerhört
und nicht zu fassen.

Doch es war nur aus Papier
und flog beim ersten Windstoß weg von hier.

Meeresrauschen

Muscheln
haben Meeresrauschen
eingefangen
und den Wind,
der Meerschaum über Wellen fegt
und weit in ferne Länder trägt
und bringt.

Du glaubst es kaum?

Du kannst es selbst belauschen,
hörst den Wind, der sanft
in jeder Muschel singt.
Du musst die nicht mehr nassen
Muscheln an die Ohren halten
und die Augen fest geschlossen lassen.

Du kannst dann Gesänge wie von
Meerjungfrauen
hören, die im blauen,
lauen
Wasser mit Delfinen
tuscheln,
sich mit leisem Husten
Meerschaum von den Schultern
pusten.

Katzen

Wenn sich Katzen zanken,
ist das gruselig, weil sie sich mit den Pranken
und versteckten Krallen
blitzschnell balgen.

Sind sie aber unter Freunden und nicht so alleine,
ist ihr Fell nicht mehr gesträubt,
schmiegen sie sich um die Beine
wie von Freundlichkeit betäubt.

Dann darf sogar die kleine Maus ihr Musizieren
am Piano, aber nur für Katzen,
die mit Katzentatzen spielen,
dirigieren.

Wichtel

Ein Wichtel ist nicht dumm,
er fragt dich stets und überall und immerzu:
warum?

Tu dies, tu das,
sag irgendwas,
mach Einerlei mach Zweierlei,
es bleibt dabei,
der Wichtel fragt
dich unverzagt:
warum, warum, warum?

Eine Feder

Hallo, schau,
das sieht doch jeder,
das ist eine Feder,
die ist weich
und leicht
und blau
und grau.

Ich glaube,
die gehörte einer Taube,
und sie fiel ganz sanft vom Dach.

Ich hab die Hand nur aufgemacht
und sie dir mitgebracht.

Zwei Vögel

Zwei Vögel wohnten hoch im Baum
in einem warmen Nest.
Sie kamen heim vom Vogelkinderfest.
Sie legten sich jetzt brav zur Ruh,
die Mutter deckte sie im Nu
mit kleinen Daunenfedern zu.

Im Nest war wenig Raum.
Die Federn schwebten erst davon
und kehrten dann zurück als Traum.

Zwei Schnecken

Zwei Schnecken die im Garten
auf ihr Frühstück warten,
wird die Zeit zu lang.
Sie wollen endlich starten,
kommen aber nicht voran.

Da sehen
sie, fast neben sich im Beet,
ganz grüne Blätter stehen.

Die sind von dem Kopfsalat.
Der wächst,
dicht bei den roten Beeren
voller süßem Saft.
Die werden sich nicht
gegen Schnecken wehren.

Das ist fabelhaft, denkt jede von den beiden,
das ist auch nicht weit.
Das schaffen wir bis heute Abend,
es ist reichlich Zeit.

Wir brauchen uns nicht zu beeilen,
und am nächsten Morgen
werden wir uns ohne Sorgen
unser Frühstück einverleiben.

Blue, das Einhorn

Blue, das Einhorn hat zwei Flügel
und kommt aus dem Märchenbuch.
Es trägt gern Blau, hat keine Zügel.
Regen mag es gar nicht, „huch!"

Es kennt sehr gut den Osterhasen,
und die Kinder, die auf grünem Rasen
von versteckten Süßigkeiten naschen
und sich überraschen lassen.

Blue
guckt immer zu!

Geburtstag

Wir sind hier
um dir
zu gratulieren,
und wir sagen laut:
Wir kommen gerne und sind Gast,
denn du hast
immer Zeit,
lässt keinen warten
weit und breit.

In deinem großen
Herzen gibst du Jedem Raum
für seinen eignen Traum.

So bist du unser größter Schatz.

Für mich bist du ein Rosenstrauß,
der wächst aus deinem Herz heraus.

Ein Geräusch

In meinem Garten saßen Vögel
flink und süß.

Ich fand, die zwitscherten verwirrt,
doch sie erklärten mir:
„Wir haben uns geirrt.
Es war nur ein Geräusch
das hatte uns getäuscht.
Es war ein Igel
unten, dicht am Baum,
und den beachteten wir kaum.

Adieu und Ciao".

Dann flogen sie davon.

Anhang
Die Vielzahl meiner Veröffentlichungen erfolgte im Verlag:
„Gesellschaft für zeitgenössische Lyrik. e.v." Leipzig, unter
ISBN: 3-937264. Veröffentlichungen von Harald Birgfeld auch in
Druck und Herstellung bei Books on Demand GmbH, 22848
Norderstedt und online.

Lyrik:
Alsterwanderweggedichte, 41 zeitgenössische Gedichte,
  (illustriert), 48 S.
..and I said to myself, what a wonderful world, 36 Gedichte
  mit fantastischen Inhalten, 44 S.
Auf deiner Reise zum Rande im Rande des Randes der
  Sonne 187 Gedichte: Im Innern der Sprache werden Kräfte
  freigesetzt. 184 S.
Bärbel und Harald, Epos, Gedicht in 93 Teilen
Die Frau des Terroristen, 53 Facettengedichte
Die Insassinnen, Epos, Lyrik, Außenlager KZ-Sasel, 136 S.
Die Zeit der Gummibärchen ist vorbei, 76 zeitgenössische
  Gedichte, (illustriert), 108 S.
Feuer, das zur Speise wird, 114 Gedichte aus meiner digitalen
  Welt, 68 S.
Für dich..., 43 Liebesgedichte und 15 Augen-Blicke, 32 S.
Gedichte, veröffentlicht in ausgewählten Anthologien, und
  Namenlos von meiner Insel, 42 Briefe, Lyrik, 108 Seiten,
Großes Liebestestament, 68 Liebesgedichte, 144 S.
Honigweißer Duft, 14 fantastische Gedichte, 32 S. dabei 14
  farbige Seiten.
Im Reißverschluss der Illusion, 57 Facettengedichte
Liebestestament, 37 Gedichte Liebeslyrik, 44 S.
Mund aus Glas am Rand aus Fleisch, 114 Gedichte, Schwarze
  Liebeslyrik, 120 S.
Sasel, Geschichte eines Außenlagers, Vers-Epos, Lyrik, KZ-
  Sasel 140 S.
Sofortige Lähmung, 112 Gedichte aus dem Innersten, 72 S.
Unter einem Mikroskop, 36 Gedichte für eine parallele Welt, 28
  S.
Von Haut zu Haut, 132 Gedichte: Was macht meine Liebe an dir
  und an mir mit mir und mit dir? Liebeslyrik. 48 S.
Wir gerieten in den Gürtel der Meteoriten, 10.000 Aufschläge,
  Band 14: Aufschläge 6502 – 6999, ca. 500 Strophen aus
  einem Zyklus von 10.000 Strophen, 224 S.
Wo die schwarzen Blätter wachsen, 129 erotische Gedichte? 76 S.

40

Prosa:

Alina und Lilly
Kinderbuch entstanden in der Zeit von Corona, 100 S. A4.
Die Tätowierungen der jungen Tanja W.
Selbstsuche und Selbstfindung einer jungen Frau, 132 S.
Die Entdeckung der eigenen Zeit
Zeit ist die Wahrnehmung eines Ereignisses.
Beispiele, Grundsätze und Erläuterungen. 92 S.
Zeit, was ist das?
36 lebensnahe Beispiele, Grundsätze und Erläuterungen sollen
den Leser die Wahrnehmungen von Ereignissen miterleben
und Wirklichkeit werden lassen, 108 S.
Fünf Veröffentlichungen/Five Publications (deutsch/englisch),
32 S. Format A5 (1 Band)
Theorie und Utopie der eigenen Zeit,
Theorie und Utopie der anderen Zeit.
Die Zeit der Gleichungen ist vorbei
Societ lyrics, was ist das?
Folienbilder-Entstehung
Kleine Fibel Arbeitsschutz (für die praktische Arbeit) an:
„Hochschulen", „Kindergärten", „Schulen" (3 Bände)
Trennung von B.
Phänomen, Trennung, 2017, 148 S. A 5
Pina Bausch, Nachruf
Über Poesie der Heilung und Glück, ein Essay, 25 S. A5
Vom Sterben nach dem Tod
Warten auf die Anderen.
Trennung erster, zweiter und dritter Art, 104 S. A5

Alle Veröffentlichungen von Harald Birgfeld, derzeit **online** unter
www.Harald-Birgfeld.de
Im Volltext für jedermann zugänglich und einsehbar.

Lyrik:
Die Insassinnen, Theaterstück, Außenlager KZ Sasel, 3 Akte
Gespräche dritter Art, 90 zeitgenössische Gedichte
Gespräche zweiter Art in Art der Art, 89 zeitgenössische
Gedichte
Mann aus Blech und Plastikfrau, Theaterstück, Ein
dramatisches Bühnenstück in drei Akten, Glaube - Liebe –
Hoffnung
Wir gerieten in den Gürtel der Meteoriten, 10.000 Aufschläge,
23 Gedichtbände